Je marche dans Toulouse

AF142019

Je marche dans Toulouse

Pierre Léoutre

Je marche dans Toulouse

Je marche dans Toulouse

À Valérie et Thierry,
qui m'ont aidé lors de ce passage du vide.

Je marche dans Toulouse

Je marche dans Toulouse

« *Me voici donc seul sur la terre* »

Je marche dans Toulouse

Je marchais dans Toulouse. Une promenade superflue, plus exactement sans but précis, car comment savoir à l'avance son inutilité, son côté vain, et tueuse du temps qui passe mais somme toute agréable, à chasser des chimères. Cette ville était belle et passionnante. Je n'attendais plus grand-chose, me disais-je alors qu'au contraire j'espérais au fond de moi, comme toujours, un jaillissement, une rencontre, une surprise, une découverte ; j'étais ainsi, le simplement du monde, ce que j'étais, un homme contradictoire ou même paradoxal ; en réalité seuls comptaient ces pas possibles au cœur de la ville, le long de ces artères étroites, les venelles du centre-ville aux murs de briques roses, qui plantait le décor d'une solitude mélancolique et difficilement supportable. Voilà une bonne question, alors que j'errais sans but dans les rues toulousaines. J'ai souhaité en vain pendant trente ans une femme qui n'est pas revenue, je ne sais pas si c'est une façon exaltante de vivre sa vie, en tout cas, c'est ce que j'ai fait, la fidélité poussée à l'extrême, une forme douce de masochisme ou plutôt, me connaissant bien, un signe de pureté absolue. Cette attitude sacrée qui fut tout sauf factice, ce comportement sincère n'a pas encore abouti à me donner ce que je veux ; mais ce temps gâché me permit de réaliser bien d'autres choses particulièrement intéressantes même si je sais qu'elles n'étaient que prétextes, palimpsestes inusables à l'heure de mes siestes solitaires et nécessaires. À l'heure où les souffrances du corps, dont je conserve la mémoire totale et kinesthésique, rappellent le temps passé et permettent les bilans désabusés ou réjouis, je choisissais pour ma part d'écouter Alain Souchon (« Bonjour tristesse ») puis de déambuler dans les rues de Toulouse. Je pense honnêtement qu'il est pire situation. Certes, je me promenais seul, le nez en l'air et les mains dans les poches, je n'avais rien à faire, je n'attendais rien, je vivais très concrètement une attitude philosophique marquée du sceau du nihilisme mais j'avais de bonnes raisons pour agir ainsi. Une pointe de misanthropie, une envie de misogynie que je ne parvenais pas à prendre au sérieux, un regard légèrement ironique et distancié sur ce qui m'entourait et surtout ce qui m'a entouré et Toulouse qui souriait en m'offrant une balade, qui me montrait amicalement ce qu'elle avait de plus beau, ses ruelles ensoleillées, ses passantes aux jambes bronzées comme il sied à une fin d'été, son ambiance exigeante, exaltée et décontractée, Toulouse qui souriait en pensant à ses millions d'amoureux qui avaient arpenté ses rues. Une situation parfaitement inutile mais finalement agréable.

Encore que. Je savais pertinemment que j'étais malheureux et pour quelle raison. Le silence de cette femme aimée m'emprisonnait dans une solitude pesante et une dévalorisation de moi-même lourde à porter. Négation, silence, ignorance. Je ne déprimais pas, j'étais malheureux, alors même que le soleil de cette fin d'été inondait de sa lumière tonique les rues de Toulouse. Elle ne voulait pas me revoir et cette indifférence me désespérait vraiment. J'en avais perdu le goût d'aimer et presque le goût d'écrire. Une telle déception implacable ne pouvait pas laisser indemne l'homme sensible que j'étais. Et malgré les caresses de la vie toulousaine, je tournais en rond comme une âme en peine, ma vie affective était un sombre désastre, un champ de ruines où tout était à reconstruire. C'était sans doute à cause de mon comportement d'écrivain blasé et incompris. Car après tout, si j'en étais là, c'était à cause de mes « prétentions d'écrivain » assumées, comme il avait été noté il y a fort longtemps, d'une façon un peu péjorative et méprisante, dans un rapport de police à mon sujet. Ainsi, j'avais explosé mon existence à cause des mots sur un feuillet blanc et d'une femme qui n'avait même pas eu le cœur de me revoir, et il me semblait légitime, à l'automne de ma vie, de me poser désormais les bonnes questions : est-ce que le jeu en valait la chandelle ? Certes ; ma solitude attentiste croisait les chemins de la neurasthénie et de la misanthropie mais au-delà de l'analyse conjoncturelle, j'avais l'intime conviction que mon impression sévère sur la situation n'était pas mauvaise.

Je n'avais plus de nouvelles de la jolie femme que j'avais croisée un jour à la terrasse d'un café de la place st Étienne ; je lui avais offert un café alors qu'elle était installée à une table voisine de la mienne, de chaque côté de l'entrée de l'estaminet. Elle m'avait souri, enchantée de ce geste spontané puis en partant avait posé sa main pour mon épaule en me disant : « À bientôt ! » d'une voix chantante. Depuis, rien. J'avais appris qu'elle était partie pour Montpellier, qu'elle reviendrait peut-être à Toulouse, bref, pas de chance, une femme me plaisait dès le premier regard, séducteur réducteur ou alors amateur de profondeur, et elle disparaissait. Une situation éminemment frustrante, bien évidemment.

Le soleil descendait vers l'automne et les pluies arrivaient. Moi, j'étais toujours seul, leitmotiv entêtant. Malgré ma volonté. Je pouvais accentuer le phénomène et me replier sur moi-même en me réfugiant dans l'écriture, gaspillant ainsi mon temps précieux et grappillant à la vie des morceaux de bonheur. Je pouvais continuer à espérer cette femme idéale. Même s'il était usant de refermer ses bras sur le vide. Et je ne m'étonnais même pas que ma solitude imposée, supportée, détestée, fût marquée par des visages féminins, amoureux d'elles, je continuais à porter mes chimères même si heureusement de temps à autre je vivais concrètement cette longue passion par des épisodes amoureux profonds et attrayants. Mais je n'arrivais pas à obtenir celles que je voulais, en fait et c'était bien normal car on ne possédait rien, a fortiori autrui. Soit parce que les femmes avaient véritablement changé et qu'elles menaient complètement le bal, nous n'avions rien à dire ou à désirer, juste à attendre un choix hypothétique le hasard, les dés, coupé en dé, soit parce que j'exprimais une telle obsession douce pour l'une d'entre elles, perdue depuis si longtemps, que je décourageais d'emblée toutes les velléités ; celle qui parvenait malgré mes réticences à attirer mon attention autrement que par un physique agréable avait véritablement du mérite et je lui tirais mon chapeau. Sincèrement. Et systématiquement. Je n'avais plus que cette ironie comme ciment de ma passion, il fallait bien que je me protégeasse un tant soit peu. Ce que j'affirmais pouvait sembler dérisoire, vaniteux ou larmoyant, pourtant ce n'était pas ce que je voulais exprimer. J'avais souvent, d'ailleurs, ce problème à l'égard d'autrui, tant dans la forme car je parlais très vite, que dans le fond, j'étais plutôt incompris car étrange, surprenant, inclassable, inassouvi et il m'était souvent prêté des arrière-pensées que je n'avais pas. Je devais avoir l'air plus intelligent que je ne l'étais réellement. Je n'étais pas mystérieux, j'étais dans ma rêverie, Rêveries, Passions, comme dans la musique d'Hector Berlioz, je me laissais porter par un sentiment inutile pour une femme qui n'existait peut-être plus. Tous mes amis sincères - ou presque - m'avaient conseillé de tourner la page, d'oublier cet amour impossible, et plutôt, par exemple, de me tourner vers la philosophie, plus riche et utile à la société. Car que pouvaient représenter ces émois amoureux de nature bourgeoise alors que tant d'autres gens dans le monde souffraient véritablement, pour des motifs autrement plus graves et douloureux ; réalisme et amarres nouvelles pour mon inspiration ? Pourquoi venais-je alors sans cesse butiner cette passion triste à force de ne pas renaître, alors qu'existait autour de moi dans de douleurs, dans les rues de Toulouse comme dans nos écrans informatifs ? Et moi, je restai là, superficiel et léger, à parler d'amour entre un homme et une femme, comme si c'était le sujet le plus important de l'existence humaine. Qui avait raison, qui avait tort ?

En y réfléchissant bien, je voyais apparaître très clairement une liaison entre le temps et le sentiment. J'avais besoin de temps pour écrire et aimer et j'en manquais cruellement ; il fallait que je le prenne dans cette quête patiente et que je ne bouscule rien. Je perdais beaucoup de temps à me justifier car, comme l'avait expliqué l'écrivain bordelais Philippe Sollers, beaucoup de gens perdaient beaucoup de temps à nous empêcher d'écrire. Pourquoi ? Cette passion douce intriguait et inquiétait ; j'avais même entendu hier, dans la journée, quelqu'un évoquer devant moi le tirage de l'un de mes collègues écrivains : 80 000 exemplaires ! Presque 100 000 pour une édition réussie de son roman policier. Je n'étais pas jaloux ou humilié en entendant ces chiffres qui sanctionnaient la réussite d'un ordonnancement des mots, je prenais acte en me demandant simplement pourquoi cet exploit littéraire surgissait dans mon petit monde de roman policé. Je me laissais surfer sur la vague des mots, je construisais mon œuvre de papier comme d'autres des châteaux de sable, sans illusions véritables mais avec un réel plaisir. Après tout, pourquoi pas ?

Cette énergie dépensée, peut-être même gaspillée au regard des critères de développement durable qui exerçaient de plus en plus un audit de nos faits et gestes, avait besoin pour se renouveler et se prolonger, comme le cœur d'une centrale nucléaire, de mythes et de rêves. Je n'affirmai là rien de bien original. Quelques paysages, quelques portraits de femmes aimées ; une de mes amies n'aimait pas la façon dont j'écrivais sur le corps des femmes ; pourtant, je me devais honnêtement de faire apparaître ce désir et cette admiration pour le corps féminin, c'eût été mentir que de ne pas montrer dans mes écrits mon appétence pour les courbes des femmes, même si j'y mettais, toujours avec sincérité, du sentiment. Là encore, je n'étais guère original, beaucoup d'hommes aimaient les corps des femmes ; cependant, je faisais preuve en la matière d'une certaine profondeur, je ne me laissais pas manipuler par ces images froides et lisses, ces visuels anonymes et intéressés qui révoltaient d'ailleurs les féministes, à juste titre, je parlais moi de caresses véritables, de mes mains sur des collines douces.

J'étais dans les rues de Toulouse pour une promenade un peu datée, comme l'ambiance du film de Pascal Thomas, « Celles qu'on n'a pas eues », ou encore celui de François Truffaut, « L'homme qui aimait les femmes », avec l'excellent Charles Denner. Un vide étrange où passaient néanmoins quelques fantômes, plus précisément quelques ectoplasmes ; disant cela, je pouvais paraître pour un goujat ; j'assumais ce risque sereinement parce qu'au fond de moi, je savais qui j'aimais encore : une femme qui dansait sur un air de jazz. L'écriture avait comblé, naturellement, le manque imposé par le silence de cette femme qui ne voulait pas ou ne pouvait pas donner signe de vie, c'était assez prévisible, il fallait souffrir pour écrire, impossible d'être heureux dans la création, tout le monde le savait. Et c'était dommage. Hier soir, en m'endormant, je me demandai si j'aurais pu écrire avant d'aller m'étendre à ses côtés, l'embrasser tendrement et lui dire que je l'aimais. Ma vie pouvait, d'une certaine manière, se résumer à cette équation.

« Tant de liberté pour si peu de bonheur », chantait la jolie France Gall. J'aimais bien cette chansonnette et je n'avais que faire de ma liberté si je ne pouvais pas la partager avec la femme que j'aimais. Le seul espoir qui me restait était exprimé par ce proverbe du Roi Salomon (XXX, 18-19) : « Il est 3 choses qui me sont inaccessibles et 4 que je ne connais point : la trace de l'aigle dans les cieux, la trace du serpent sur le rocher, la trace du navire au sein des mers et la trace de l'homme chez la jeune fille ». C'était peu et beaucoup à la fois, pour construire un désir d'avenir. Car enfin, même si cette promenade dans Toulouse se voulait éminemment littéraire, elle devait, humainement, avoir un but pour garder du sens. Pour l'heure, je me promenais seul alors que nous devions être deux pour réussir cette histoire d'amour.

\- Le problème, me dit une bonne amie qui voulait que je gagne beaucoup d'argent en vendant mes livres, c'est que tes romances autobiographiques n'intéressent pas forcément un grand nombre de lecteurs !

\- Ce n'est pas véritablement autobiographique, me défendais-je avec la plus grande énergie. C'est avant tout littéraire. Certes, je puise dans mes émois et mes pulsions amoureux pour nourrir ma plume mais, honnêtement, je ne pense pas qu'il soit possible de réduire mes livres à mon épicurisme léger et mon désir de susciter l'amour passionnel d'une femme belle et intelligente ; qui suis-je ? Un pygmalion qui se cherche une Lolita ou un vieux sage qui voudrait être admiré pour rajeunir ? Un écrivain qui aime les femmes ? Oui mais pas uniquement ! Certains de mes livres ont d'ailleurs abordé de tous autres sujets. Allons, soyons sérieux un instant, la femme idéale est certes l'une des clefs fondamentales de mon œuvre mais la prétendue dimension autobiographique n'est qu'un des secrets de fabrication !

À vrai dire, cette conversation m'ennuyait, il fallait sans cesse se justifier (de quoi ?), s'expliquer, se faire comprendre, s'adapter ; la normalisation était vraiment en marche, et au pas cadencé. Ca ne plaisantait plus. Pour ma part, et je le pensais sans aucune prétention, j'avais véritablement l'impression que tout cela nous tirait vers le bas et je connaissais des moments de découragement. Parfois, même, je me demandais : « Pourquoi tant de haine ? ». Évidemment, je n'avais pas la réponse alors je reprenais mon chemin paisible dans les rues toulousaines. De toute façon, la femme que j'aimais ne daignait pas me donner signe de vie, j'avais beau surfer sur Internet pour lire quelques bribes de sa vie actuelle, ces maigres informations étaient bien insuffisantes pour me rendre heureux ; alors j'attendais que le temps passât et qu'elle daignât ouvrir les yeux sur tout l'amour qui s'offrait à elle. Mon idéalisme faisait peine à voir et pourtant il représentait une réelle puissance. De plus, j'avais de bonnes chaussures et c'était un plaisir de marcher avec elles dans Toulouse.

En passant, je réussis à obtenir quelques nouvelles de ma belle de Montpellier, par l'intermédiaire d'une connaissance commune. Ces nouvelles étaient mauvaises, dans la mesure où elle était repartie pour Montpellier après un bref passage à Toulouse. Pour raison professionnelle. Encore un fiasco. Décidément, l'époque était rude pour les vieux écrivains solitaires. De toute façon, comme l'écrivait l'auteur américain Philip

Roth, « ceux qui lisent et écrivent sont une survivance » et les ultimes refuges, comme l'alcool et le tabac, se faisaient rares et précieux. Ceux qui survivaient péniblement à l'air du temps galopaient sans se plaindre (« tu seras un homme, mon fils ») derrière leurs fantômes, en vain et en faisant rire les filles d'aujourd'hui qui voulaient, elles, de l'argent. Comme les péripatéticiennes, finalement. C'est à tels signes qu'il était possible de mesurer les effets dévastateurs de la crise financière. Je fermai les yeux et repensai à la jolie pianiste russe que j'avais écoutée, lors d'un concert sympathique dans la salle du théâtre de Lectoure, l'été précédent. Juste pour me rappeler à temps que des femmes me faisaient encore rêver. J'étais bien conscient qu'elles devaient penser la même chose des hommes. Il fallait les faire rêver, au pire les faire rire et alors l'amour restait possible. Il fallait tenir dans ce monde de brutes. Et le bon côté immédiatement appréciable de ces petites histoires d'amour successivement ratées était que j'avais obtenu le statut enviable d'écrivain provincial. Je n'étais encore assez bon scribe pour être véritablement revendiqué par tel ou tel lieu, je n'étais pas encore le Philippe Sollers toulousain ou le Joseph de Pesquidoux gascon, néanmoins je pouvais me contempler avec satisfaction dans l'immense miroir qui trônait au-dessus de ma cheminée en marbre et me dire que j'étais arrivé à la vie que je souhaitais, un homme libre et secret, amoureux de la littérature. Le tout sans concessions sur mes valeurs, je pouvais continuer à me regarder dans la glace, tout pour être heureux en somme, hormis ces épiques montagnes russes sentimentales plutôt épuisantes mais qui finalement allaient de pair avec le mode de vie que j'avais choisi et dans lequel l'écriture avait une place majeure. Je me disais parfois qu'aucun livre ne valait l'amour d'une femme, je n'étais pas masochiste ; mais comme l'existence du pauvre écrivain esseulé n'était pas toujours facile et se heurtait souvent à une solitude pesante, d'autant moins agréable qu'elle n'était pas souhaitée, j'avais l'intelligence de m'adapter et de survivre en ramant dans un océan de mots. Je n'avais pas trouvé mieux, en attendant le retour de la femme que j'aimais. Et je n'avais pas renversé les rôles, je ne me complaisais pas dans une morne et passive existence, je vivais des aventures tout à fait étonnantes voire extraordinaires, souvent sans amour mais toujours avec passion car tel était mon tempérament. Et j'avais bien conscience qu'un homme qui prétendait haut et fort qu'il avait consacré sa modeste existence terrestre à aimer la même femme pouvait passer aux yeux des gens normalisés pour un fou, un menteur, un comédien ou un écrivain, pourtant je disais la vérité, je ne m'étais jamais relevé de cette injustice fondatrice qui avait fait de moi ce petit écrivain provincial alors que je n'avais que des grands sentiments pour une femme dont je voulais un geste affectueux. Un signe de tendresse.

Quel est le rôle attendu d'un écrivain provincial ? Chanter, par exemple, les louanges de la palombière ? Dans le Gers, elle fait partie du patrimoine rural ; des dizaines de milliers de palombes hibernent chaque année dans notre département. Et le Conseil Général a « sans hésiter, décidé de participer au financement des palombières détruites par la tempête Klaus en accordant une aide de 38 000 euro sur trois ans aux chasseurs qui ont entrepris de reconstruire leurs affûts dans les arbres ». dixit *La Dépêche du Midi*, un journal que j'adorais lire quotidiennement, spécialement l'édition gersoise et la toulousaine. C'était un tout petit luxe mais que j'appréciais énormément. Et les quelques minutes que j'employais chaque jour à dévorer ce journal me rapprochaient, finalement, du moment tant attendu où j'allais retrouver l'amour de ma vie. *Le journal de la Démocratie* où Jean Jaurès lui-même rédigea des articles accompagnait ainsi ma douce obsession, qui peu à peu devenait une réalité.

C'était bien un problème de temps et au bout du compte, les fantasmes de mes contemporains sur l'immortalité revenaient au même ; sauf que pour moi, cette immortalité avait un prénom féminin. Avec la force et la qualité du numérique, la puissance et la diversité d'internet, de plus en plus de gens se laissaient aller à dire que le livre était mort et l'écrivain avec. Moi qui avais bâti mon existence sur une attente amoureuse rédigée, je me sentais mal. Je suivais l'affaire attentivement et en regardant bien les diverses sources d'informations disponibles sur la littérature, je pouvais constater avec un certain soulagement que les avis étaient partagés : le public lisait moins de livres et de journaux papier, les loisirs évoluaient, ce qui était bien normal, les salons du livre et les éditeurs changeaient leurs méthodes ; mais les livres existaient toujours et encore et les écrivains comme moi continuaient à ramer et à aimer ce qu'ils faisaient. J'aurais pu être un grand philosophe, un historien brillant, je n'étais qu'un petit écrivain provincial amoureux de son Sud-Ouest et de quelques femmes qui avaient beaucoup compté pour moi. Une en particulier, mes affirmations étaient claires et nettes à ce sujet, pour autant je ne pouvais pas jouer au type malheureux et désabusé en la matière. Les jupons avaient virevolté autour de moi autant que j'avais fait danser les mots sur mes pages blanches, et la valse continuait, jusqu'au moment formidable où je la verrai à nouveau danser sur cette musique de Keith Jarrett. La musique classique embellissait ma solitude tandis que le jazz symbolisait l'amour éternel.

Un prénom féminin, qui me permettait d'écrire, de continuer à écrire, même les soirs sans évidence. Même les nuits sans espoir. Avec juste un air de piano qui, comme par hasard, jouait notre histoire d'amour. C'était, somme toute, ce que j'avais à dire. Cette affirmation ne représentait pas grand-chose, j'en avais parfaitement conscience ; et pourtant, j'écrivais. Pour rien, ou presque. Presque tout. La philosophie humaniste de Jankélévitch commençait à fissurer en moi la solide pensée nietzschéenne. C'était une grande victoire, un énorme progrès. Je passais du nihilisme à la musique. Tout cela pour l'amour d'une femme. Comment, après un tel phénomène, ne pas trouver la vie belle ?

Et puisqu'à ce jour je ne savais pas trop où j'allais, je me disais qu'il ne fallait jamais oublier d'où l'on venait. Ce n'était pas seulement le passé au secours de la vacuité du présent, mais une véritable notion d'humilité.

S'adapter pour survivre semblait être la clef universelle pour la compréhension de notre époque violente. Sous prétexte de changement de civilisation, de vieillissement de la population, la société politique et sociale s'évertuait à éviter les effets destructeurs mais le résultat le plus apparent d'une observation objective de notre petit monde ressemblait à une mosaïque peu esthétique d'intérêts particuliers, de communautarismes égoïstes voire de segmentations claniques. Moi qui avais toujours essayé d'être un homme libre, j'avais du mal à me faire comprendre. Je ne m'en plaignais pas, je jardinais et j'attendais le retour de la femme de ma vie, soit une attitude fort peu misogyne mais un peu trop passive pour mon tempérament de fonceur pressé. Il était un peu tard en raison de mon âge pour me changer fondamentalement, j'assumais mon narcissisme de petit écrivain provincial puisque j'avais été systématiquement éjecté ou marginalisé par les grandes structures, urbaines et autres, au pouvoir autoritaire, ce qui faisait de moi in fine un scribe un tout petit peu anarchisant, sans oublier la dimension idéologique « Ni Dieu ni maître » dont je me sentais proche, comme de nombreux citoyens français nés de la Révolution Française de 1789. Hédoniste avéré et lucide sur ma capacité à faire jongler les mots et raconter une histoire, je préférais définitivement caresser une jolie poitrine que de remplir des pages blanches avec les mots de ma solitude imposée. Je ne comprenais pas véritablement pourquoi les femmes avaient tant d'importance dans mon existence ; ce matin, alors que je prenais un bon café à la terrasse de l'un de mes troquets toulousains préférés, je vis passer plusieurs jolies femmes aux jambes magnifiques, dont une avec une jupe noire et des chaussures rouges. La belle dame troublante au charme certain dont je commençais à être amoureux et qui malheureusement était momentanément partie pour Montpellier ne surgissant pas pour m'embrasser, je me levai ensuite de mon siège et je repartis, mélancolique, vers le fil de ma journée ordinaire.

« Comme un fantôme qui se promène... », chante Mylène Farmer. Se mettre en scène soi-même présentait l'inconvénient d'une démarche littéraire narcissique même si en réalité je n'avais que faire de raconter ma vie, qui n'était qu'un prétexte alimentant une productivité impressionnante. Et je savais que je pouvais faire beaucoup mieux. Hormis la beauté d'une femme, rien ne me paraissait désormais plus intéressant que l'écriture. Le cinéaste Federico Fellini demandait à Nino Rota de lui composer pour ses films des musiques inspirées par « un thème joyeux qui soit triste ». Cette volonté paradoxale ne m'étonnait pas du tout. Je vivais exactement cela. Un amour heureux qui était taciturne. Car enfin je n'arrivais pas à retrouver la femme que j'aimais depuis toujours et pourtant je continuais à vivre, à bâtir, à respirer et chanter comme si elle était à mes côtés. Encore un paradoxe. J'avais certes un moment de doute, parfois, le soir, en m'endormant dans mes draps blancs car il ne m'était pas possible de la serrer dans mes bras et l'embrasser en lui disant que je l'aimais. Pourtant, j'avais l'impression véritable qu'elle était là. Soit mon obsession amoureuse devenait une chimère dangereuse pour mon équilibre psychologique, soit une femme était capable, malgré ses refus et son indifférence, d'envoyer malgré tout des ondes positives qui comblaient d'aise son amant. En raison de la haute opinion que j'avais de la gent féminine, je penchai sérieusement pour la seconde hypothèse. J'étais donc heureux, même si je déambulais encore seul dans les rues de Toulouse ou de Lectoure. Je me leurrais moi-même, très probablement, et cette évidence me rendait triste. Ce matin, en cherchant sur internet, je trouvai une photographie d'elle, que je copiai aussitôt sur le bureau virtuel de mon ordinateur. Un petit cliché qu'il n'était pas possible d'agrandir. Elle riait, attablée dans un restaurant ; elle avait l'air heureuse sans moi et malgré mon épuisement à l'attendre, seul, lové dans les murs blancs de Lectoure. Le seul point éventuellement positif de la découverte de cette nouvelle trace misérable de la femme aimée et absente était que cette photographie était coupée, impossible de voir autre chose que le bras de deux autres convives qui l'entouraient à cette table de restaurant, elle était accompagnée mais finalement seule ; comme moi. Le soir de cette même journée, j'étais submergé de tristesse ce qui, quelque part, n'était pas le but de l'amour. Cette histoire ne me rendait pas heureux, la muse inspiratrice tremblait comme une bougie fatiguée, sa lumière devenait incertaine et me rendait mélancolique. Ainsi, le petit écrivain provincial que j'étais devenu par la force de mon travail se retrouvait dans la nuit solitaire et désargenté, ce qui somme toute était logique et ordinaire. J'avais beau clamer et bramer de beaux sentiments, la réalité était aussi noire qu'une peinture de Pierre Soulages. Belle, sophistiquée et ruminatoire. Le noir comme moyen de mesurer le temps d'une vie consacré à une femme pragmatique et intelligente qui ne voyait pas l'intérêt de sacrifier son confort et de se brûler à une passion amoureuse. Il fallait décidément que j'acceptasse cette sombre perspective car le destin de l'autre ne m'appartenait en aucune manière, la femme est aussi libre que l'homme, l'amour heureux se partage et j'étais là, bien seul, à penser à une petite photographie virtuelle que je n'avais même pas pris le soin d'enregistrer sur la clef USB, une petite photographie où elle riait. Alors que moi, je n'avais pas envie de rire.

Maudite écriture qui avait fait de moi un homme seul. Mais comme je restais malgré tout un homme joyeux, je pensai aussitôt à l'un des films de Woody Allen, « Maudite Aphrodite ». Certes, tout n'était pas rose, depuis presque deux mois je bataillais avec un opérateur tentaculaire et incompétent pour obtenir une chose aussi simple que le téléphone dans mon appartement toulousain, pour des raisons mystérieuses je ne parvenais pas à obtenir une tonalité me permettant de parler dans mon combiné téléphonique, une liaison ADSL pour pouvoir surfer et travailler sur internet, ni même allumer mon téléviseur pour regarder les informations du monde ou bien me détendre en savourant un bon film de cinéma, bref, j'étais coupé du monde et cette impossibilité technique de communiquer renforçait terriblement mon sentiment de solitude. Aucune nouvelle de mes amours de jeunesse, aucun signe de la belle Toulousaine partie pour Montpellier, vraiment ma situation personnelle n'était pas amusante et il ne me restait plus comme porte de sortie qu'à produire ce jeu de mots approximatif sur l'Aphrodite allenienne de 1995 ; encore que le synopsis de ce film ne correspondait pas véritablement à ce qui me préoccupait présentement. Celui que je venais de revoir avec délectation, « Whatever Works », me semblait plus approprié et je parvenais assez bien à m'identifier à ce vieil incompris capable de tout comprendre et incapable de se faire aimer. D'un bon titre résumant parfaitement la situation réelle qui n'avait pourtant rien à avoir avec la fiction qu'il annonçait, je partais, guilleret, vers une autre histoire, cherchant avec une pointe de désespoir, un sentiment d'injustice mais une énergie toujours forte les raisons de cette situation inconfortable. Il me fallait une coupable, l'écriture en semblait une, idéale et opportune : elle ne nous trahit pas et nous met en accord avec nous-même ; mais je n'y croyais pas vraiment car elle me procurait bien trop de plaisir pour être malveillante. La compagne fidèle des bons et mauvais jours, le fluide merveilleux, la grande marotte qui me donnait sans cesse renouvelée l'énergie de chercher, et parfois trouver, la muse féerique qui partageait alors avec moi le bonheur de vivre.

J'étais alors devenu l'amant d'Amandine. C'était plus simple et elle était belle. Son charme m'avait sincèrement troublé et j'étais heureux avec elle. La philosophie devenait aussi lointaine qu'Amandine se rendait proche. Étais-je amoureux ? J'en doutais un peu puisque j'en aimais véritablement une autre. Mais il fallait bien vivre. « Love is all, Love is you », chantaient les Beatles sans me lasser. Séduit par la féminité d'Amandine, je me laissais presque aller au bonheur. Pour combien de temps ?

Un courriel arriva soudainement sur mon joli téléphone portable ; il s'agissait de mon fournisseur d'électricité : « bonjour Monsieur ; vous avez indiqué pendant l'été ne pas vouloir bénéficier de la Facture Électronique pour votre contrat. En raison d'un dysfonctionnement informatique, ce service a été souscrit malgré votre refus. Vous avez depuis résilié le service et vous ne bénéficiez plus de la Facture Électronique. Je tenais à vous présenter toutes mes excuses pour cet incident exceptionnel. Cordialement, votre conseiller. »

Ce courrier électronique était assez stupéfiant et posait véritablement la question de mon libre arbitre par rapport au monde informatique qui se révélait capable de « dysfonctionnement ». Comme je venais d'avoir le même problème avec mon installation téléphonique, je commençais légitimement à m'inquiéter. Heureusement, l'intervention humaine, tant de mon conseiller électrique que d'une dame du service téléphonique, avait pu, au bout de quelques semaines, ramener la sérénité. Cela étant, du mal avait été fait et si j'appréciais ces excuses, je ne pouvais pas pour autant oublier les dommages subis. Et que venaient faire ces difficultés dans mon roman d'amour ? J'aurais préféré un SMS d'Amandine, un courriel de telle ou telle jolie femme avenante et disponible plutôt que ces petits obstacles usants et gluants qui n'avaient qu'un seul but, me faire perdre du temps. À combien pouvais-je chiffrer le préjudice que j'avais subi ?

Était-on encore dans la littérature ? Et que signifiaient ces bousculades ? Il m'en arrivait tellement que je n'avais même plus le temps de tenir ce journal des petites misères quotidiennes ; peut-être était-ce préférable d'ailleurs, afin de ne point produire un texte aux relents misanthropes ? D'un autre côté, la barrière de papier et de mots qui protégeait tant bien que mal ma petite existence paisible, anodine et sans volonté de nuire à qui que ce fût se révélait indispensable car les embûches que je trouvais sur mon chemin étaient tout de même assez révoltantes. Et cet homme révolté cessa d'écrire pendant plusieurs longues journées. À partir du 4 janvier, précisément. Pourtant, j'étais fort motivé par cette étude sur la nécessité du désir et du plaisir, mais j'eus une période, longue et pénible, pendant laquelle je fus fort abattu. Un silence triste et ennuyeux, un vide absolu qui n'avait rien à voir avec le néant créatif, une mélancolie improductive. Et puis, je ne sais pourquoi, le 21 janvier, jour de la sainte Agnès, je décidai de sortir de ma tranchée, tel un valeureux Poilu montant à l'assaut, et je laissai glisser quelques mots le long de la page blanche, qui me semblèrent merveilleux après un si grand silence dont je ne parvenais pas à m'expliquer les causes.

Sans me plaindre, car j'étais un homme joyeux, mais profondément déçu, je continuai ce jour-là, studieux et volontaire, à construire ma petite œuvre de papier, par fidélité à mes envies, par respect pour mon désir.

Désir fort virtualisé, pour l'heure. J'avais acheté à Auch du matériel informatique nécessaire à mes travaux d'hiver, puis j'étais reparti pour Lectoure, où j'eus le bonheur de revoir ma belle musicienne. Elle alla même jusqu'à me parler et, à un autre moment du concert, à me regarder, avec un air un peu interrogateur. Le bilan n'était pas négatif. Je me contentais de peu en ces périodes difficiles. Je savais pertinemment que j'avais payé fort cher mes rêves et que bien peu m'avaient suivi dans ces chimères paisibles et finalement assez peu déraisonnables. C'était ainsi. Le plus difficile à supporter consistait en ces longues périodes de solitude, qui n'étaient même pas utiles à ma verve créatrice et ne faisaient que me rendre malheureux. Que pouvais-je faire contre cela ? Je ne savais pas. Errance. Heureusement surgit Amos Oz, un vrai magicien du verbe et de l'image ; l'écrivain israélien était de passage à Toulouse pour une rencontre littéraire de haut niveau ; notre amitié lui permit de m'accorder quelques instants chaleureux à la terrasse d'un café de la Ville Rose. Il me parla du sentiment d'insécurité de ses concitoyens, je lui racontai l'ennui des relations humaines superficielles dans nos sociétés européennes, qu'il analysa comme la résultante dangereuse de la « commercialisation de nos vies ». Nous étions réellement sur la même longueur d'ondes, cherchant par l'écriture à décrypter l'ombre et la lumière de la nature humaine. Par quelques phrases brillantes, il réactualisa le combat de l'universalisme contre le fanatisme, associa barbarie et nihilisme puis me serra la main et repartit vers de nouvelles aventures, de nouveaux livres. J'avais de la chance d'avoir de tels amis.

Toujours solitaire, je décidai de faire comme l'un de mes maîtres, Philippe Sollers, et de symboliser la femme par une fleur, ce qui était une bonne idée. Par bonheur, la place du Capitole accueillait ce week-end-là la quatrième édition de la Fête de la violette. Même si cette fleur emblématique de la Ville rose (le violet est la couleur officielle du Toulouse Football Club) n'est pas uniquement cultivée à Toulouse, puisqu'il est possible de la trouver à l'autre bout de la planète, comme en Chine ou au Japon, il est un fait avéré que la Mairie de Toulouse possède dans ses serres municipales une grande collection labellisée, constituée de mille pots représentant plus de quatre-vingts variétés. Je tuai mon temps de solitude en contemplant les produits exposés par l'Académie des arts et sciences du pastel et m'arrêtai devant la robe de haute couture confectionnée pour l'occasion par la Maison Mi & Canna sur le thème de la violette. Décidément, l'étau se resserrait, le décor se mettait en place et je sentais bien que l'usage de mon art mineur qui offrait à la littérature universelle ces quelques pages de protestation contre la mort du désir amoureux était le prélude d'un bonheur immense. Avec mon clavier bien tempéré par une forme de sagesse et de sérénité, j'alternais tons et demi-tons, pour le profit des jeunes écrivains désireux de s'instruire et pour la jouissance de ceux déjà rompus à cet art si doux et puissant qu'est l'écriture. L'amour me donnait des ailes, la veille j'avais même pu revoir Amandine, amande douce-amère, toujours aussi séduisante, cette femme possédait un charme fou, j'aimais aussi son prénom, étymologiquement, mes sources virtuelles oscillaient entre le mot « aimable » et le terme latin « amandus » : « celle qui doit être aimée ». C'était absolument parfait. Je n'étais pas très éloigné de la béatitude et sans scrupule ni cynisme, je me voyais progresser vers un avenir radieux, grâce à elle et à ses côtés. Tout pour être heureux, par l'amour d'une femme.

Au terme d'une nouvelle soirée solitaire, je fis défiler sur mon écran plat, grâce à ma rigolote petite souris informatique, les sept premières pages de ce pitoyable journal de bord en m'interrogeant, bien entendu, sur le sens de cette activité littéraire qui avait fait de moi un homme esseulé, avec juste un gentil chat et un bon paquet de tabac blond. Et pourquoi pas le sens de la vie, tant que j'y étais ? La vie était si courte et peut-être que je perdais mon temps à écrire des mots que personne ne lirait, même pas la femme aimée. Une lettre d'amour, une de plus, inscrite sur une page blanche inutile. Affirmant cela, je n'étais pas désabusé ni triste, je constatais simplement une évidence rationnelle, je maîtrisais une passion, j'enfermais dans un petit coffre des illusions et des désirs, je mettais un point final à une phrase interminable. Et puis, par une force merveilleuse et impétueuse, les mots suivants se bousculaient au portillon, comme pour un nouveau voyage dans le métro toulousain, comme pour une nouvelle traversée dans l'âme profonde de cette belle ville qui accompagnait, bienveillante, cette lubie infinie, cette quête de l'idéal féminin, tout cela à cause d'un amour perdu, autrefois. Oui, cela pouvait paraître risible et pourtant je ne riais pas souvent à cette époque-là ; il ne me restait du bonheur qu'une muse inaccessible.

« You are awesome », m'écrivit par mail une amie américaine. Les traducteurs en ligne me proposèrent la traduction française « impressionnant », « stupéfiant », « génial ». Dont acte même si je ne voyais pas ce qui justifiait un terme aussi élogieux. Après tout, j'avais cinquante ans ou presque, je n'étais ni riche ni célèbre, je n'avais pas publié de bestseller et à l'heure où j'écrivais ces lignes, je ne vivais pas une histoire d'amour torride. Je n'avais par conséquent pas atteint les objectifs nécessaires et choisis à ce que je considérais être le bonheur. Contrairement à un poète qui embellissait toujours la réalité grâce à une utilisation talentueuse du langage symbolique, je pataugeais pour ma part dans le réel, j'étais le scribe obscur de la vérité.

Mais, même si la neige tombait sur Toulouse et que je n'aimais pas cela, mon tempérament joyeux, à la limite d'une certaine forme de superficialité, que je pourrais qualifier presque d'attitude philosophique si l'idée de pouvoir m'assimiler à un Frédéric Nietzsche du XIXe siècle ne pouvait paraître trop immodeste, me permettait de me projeter dans une autre dimension plus ludique et agréable. C'est-à-dire (je prenais le soin de m'expliquer, voire de me justifier, sur les conseils d'un ami gersois qui aurait pu devenir l'un de mes éditeurs) que je basculais brusquement dans une configuration charmante. Les amants dînent. Un repas délicat et délicieux aux chandelles, avant une folle nuit d'amour. Les amants dînent et s'aiment, d'une façon naturelle et décontractée. J'apprécie ses hanches rondes et sa poitrine généreuse, au moment où elle s'étire je puis apercevoir un peu la peau de son ventre et je suis troublé. Cette femme est belle et elle me plaît ; elle le sait et elle dîne avec moi. Nous sommes heureux et nous le savons. Elle se penche vers moi, son regard est doux et amusé :

- En réalité, tu fais du plaisir une question centrale.
- Ce n'est pas inexact, lui réponds-je.
- J'avoue que ce n'est pas désagréable, poursuit-elle, surtout que tu y mets de l'énergie et du sentiment.

Amandine laissa son regard errer quelques longues secondes dans le vague puis me regarda à nouveau droit dans les yeux et me dit :
- Je t'aime.
- Moi aussi, rétorquais-je du tac au tac.

Je n'avais pas le choix, de toute façon, je ne pouvais pas décemment effectuer une autre réponse et en outre, mon affirmation était parfaitement véridique. Cette femme me plaisait, et pas seulement en raison de son corps somptueux. J'avais ce défaut d'adorer le corps des femmes, j'en parlais parfois d'une façon qui pouvait choquer les plus féministes de mes amies, je comprenais aisément ces réticences mais c'était ainsi et n'interdisait pas, parallèlement, un profond respect et une grande complicité intellectuelle voire spirituelle avec les représentantes de l'autre moitié de l'humanité. Quelque part, mon attitude était paradoxale mais je l'assumais dans la joie et la bonne humeur. Quant à Amandine, j'étais bien incapable de savoir si j'éprouvais un sentiment durable ; cependant, j'étais certain de ma sincérité. Je pense que cette lucidité et cette franchise constituaient déjà une bonne chose.

Cela dit, les nouvelles n'étaient pas excellentes, même si les jours avaient recommencé à rallonger (une minute aujourd'hui). Le plus ennuyeux était la déclaration fiscale quasi obligatoire des puits, ce qui signifiait la crainte d'une pénurie d'eau généralisée, c'était en tout cas ainsi que j'analysais cette nouvelle mesure de recensement administratif. Un instant, j'imaginai appuyer contre mon puits tous les jolis râteaux dont je bénéficiais depuis quelques mois. Ce serait une sculpture originale et une sorte de protestation humoristique face aux difficultés rencontrées dans la séduction voulue effrénée et réellement laborieuse d'éminentes représentantes de l'autre moitié du genre humain. Les temps n'étaient pas faciles et tempus fugit, pour ne rien arranger. Je devenais pessimiste. Un peu résigné, aussi, et pourtant cela n'était pas ma nature. Mais au fond, je n'avais pas tort : à quoi bon écrire et à quoi bon essayer de séduire de jolies femmes ? Je préférais perdre mon temps à aller récupérer un courrier recommandé d'un opérateur téléphonique qui depuis plusieurs mois ne cessait de multiplier les erreurs, à cause, soi-disant, de problèmes informatiques. La principale conséquence pour moi était un préjudice lié à la perte de mes heures précieuses ; mais peut-être était-ce une sorte de signe, au lieu d'écrire j'allais dans les files d'attente, je téléphonais, je réglais des problèmes absolument ennuyeux dont je n'étais absolument pas responsable mais dont j'étais la victime ; et si je n'acceptais pas ce statut peu enviable, il me fallait, sans cesse, intervenir, réparer, négocier, patienter... Une société qui fonctionnait mal. Voilà où nous vivions. C'était logique. Il se vendait désormais plus de livres numériques que de livres en papier, c'était dans l'air du temps et dans la logique de l'évolution de l'espèce, nous devions nous incliner et accepter, sans mener de combats d'arrière-garde, comme ces vaches qui s'inquiétaient de voir passer des trains en bordure de leurs prés. Quant à l'amour vache, aux difficultés de plaire, c'était bien fait pour moi, je n'avais qu'à être beau, riche et intelligent. Les femmes ont toujours raison.

Mourrai-je sans te revoir ? Ce serait bien triste. Un grand gâchis d'amour. J'espère toujours une réaction de ta part. Je t'attends encore.

Lectoure m'offrit un soir un spectacle du chansonnier Pierre Debauche, un vieillard digne et plein d'humour, un personnage réellement intéressant. J'appris que le directeur du Théâtre du Jour d'Agen a été tout au long de sa carrière dans le théâtre acteur, auteur et metteur en scène ; il avait créé plusieurs compagnies et avait beaucoup enseigné en France et à l'étranger, avait eu comme élèves Jacques Higelin, Carole Bouquet... Avec ses « chansons inhabituelles », accompagné au piano par le jeune Stéphane Barrière, il offrit à son public lectourois une soirée réellement agréable. En repartant dans la nuit fraîche de cette fin d'hiver, marchant dans la ruelle étroite de Lectoure où se trouvait la salle de spectacles, je pensais à Debauche, son nom prédestiné et sa profusion verbale, bien agréable en cette époque étriquée où il fallait rogner sur tout ; au moins, les torrents de mots pouvaient continuer.

Je cédai cependant quelques secondes au pouvoir dominateur de l'image pour regarder sur internet un vidéo buzz et apercevoir mon idole vaciller quelques secondes : Mylène Farmer a trébuché à l'Élysée ! Alors qu'elle montait les marches en saluant les photographes pour se rendre à une réception organisée par le Président de la République Nicolas Sarkozy en l'honneur du président russe Dimitri Medvedev et de son épouse Svetlana Medvedeva, l'artiste s'est pris les pieds dans le tapis rouge... Je ne pris aucun plaisir à la voir ainsi échapper de peu à la chute ; mais cet incident mineur pouvait constituer un excellent début à un roman camusien, avec cette fois-ci non pas un avocat prêchant dans le désert d'une culpabilité inguérissable, mais une belle femme dont les talons aiguilles dérapent et qui se blesse parce qu'elle est là à cause de son talent.

Un matin morne de cet hiver qui n'en finissait pas, j'ai agrandi sur mon écran informatique une photographie belle et troublante de Dorothée Delabie, une danseuse du Ballet l'Opéra de Lyon, qui jouait une scène de « Duo » pendant une répétition générale. Au-delà de l'esthétique parfaite qui justifiait un tel intérêt matinal, j'étais parfaitement conscient que je me trouvais toujours dans la réminiscence de la même histoire d'amour. Amour iconique et désir projeté. Mais j'en devenais presque résigné. Toujours mélancolique, bien entendu, car je n'avais aucune raison de me réjouir de la situation que je vivais et de l'absence de perspective ; cependant, je m'engourdissais, hormis quelques étincelles de l'œil comme celle qui venait de se produire. J'étais incapable de dire si cet état de fait était un bien ou un mal, en réalité je m'en moquais un peu, sans aigreur mais clairement désabusé. Une véritable agonie du désir, un ennui de l'existence et la tristesse de constater que malgré de louables efforts, je n'arrivais pas à obtenir ce que je souhaitais. De deux choses l'une : soit mon corps vieillissant était moins porté sur le désir sexuel, ce dont je doutais fortement car mon émotivité n'avait pas varié, soit j'étais plongé dans une réflexion sincère et profonde sur ce que doit être l'amour entre une femme et un homme ; et cette phase analytique, de grande dimension sentimentale, produisait un effet terriblement sélectif dans le domaine pourtant vaste de mes conquêtes féminines, collectionneur attentif et sensible, en manque d'affection, évidemment. En fait, ce n'était pas du vieillissement prématuré, mais de la maturité. Pourquoi pas. Il était temps. Je me moquais de moi-même mais après tout, dans une grande ville comme Toulouse, la moitié des habitants étaient célibataires, ce que je trouvais terrifiant car j'étais bien persuadé que la vie à deux rendait les gens heureux. Mes élucubrations circulaires portaient sur leurs larges épaules un rôle social dont j'étais parfaitement conscient, en tant que scribe ayant le bonheur d'aimer les mots et d'être aimé par eux. Je réfléchissais le plus sérieusement du monde pendant que d'autres faisaient l'amour sauvagement. Je réalisais avec lucidité que je cherchais à oublier un amour déçu par une, voire plusieurs images mirages mais dans un monde dur qui exigeait des résultats, je savais bien que ma noble justification initiale ne pesait pas lourd face à la réalité de ma solitude. Contre un kilogramme de solitude plombante, un kilogramme de plumes. Le paon fait la roue mais la belle aimée reste engluée dans sa routine, à quelques centaines de kilomètres de l'oiseau esseulé. À quoi bon tergiverser, il faut dire la vérité, toute la vérité : j'étais un homme seul. Elle ne venait pas me rejoindre, elle ne voulait pas me revoir, elle me laissait tomber comme une vieille chaussette. C'était vraiment trop injuste. J'avais beau tordre dans tous les sens ma longue et honnête lettre d'amour, elle persistait à passer à côté de l'essentiel.

Et malgré tout, je restais un homme élégant. Je me devais bien ce compliment.

Surtout dans ce silence pénible, étourdissant, injuste et incompréhensible. Je pris dans ma main gauche un bout de papier que je froissai, puis dépliai ; c'était la page d'un calendrier, à la date du jeudi 9 juillet 2009. Lever du soleil à 3 h 59, coucher à 19 h 52. 28e semaine. Et surtout : Ste Amandine. Dans ce désert, il ne me restait plus qu'elle. C'était déjà beaucoup. Elle était si jolie. Et si fine.

Je perdais, peut-être, mon temps à rêver et écrire l'attente d'un amour impossible, au lieu de le vivre. D'une certaine manière, c'était une façon irresponsable d'agir car la vie était très courte et le temps perdu était immense. D'un autre côté, je ne faisais de mal à personne, hormis, sans doute, à moi-même, mais je n'avais guère le choix. Et comment commander à mes sentiments ? J'étais sincère, ce qui était important. Tel Palamède, qui aurait imaginé les lettres V et Y en observant le vol de grues, je composais une Love Story de papier inutile et dérisoire, même pas thérapeutique puisqu'elle alimentait une flamme désespérante. Un de mes amis rugbymen ne comprenait pas ma démarche, qu'il considérait insuffisamment virile ; cependant, dans une véritable histoire d'amour, je ne pense pas que cette considération et cette posture avaient de l'importance. Une passion fusionnelle intemporelle, voilà ce que j'étais en train de vivre, même si l'objet lumineux de mon désir se contentait d'apparaître, par ci, par là, sur mon écran, par la magie des pages web d'internet. Je prenais ce qui m'était donné, dans une forme d'amour résignée, usante mais réelle ; et c'était déjà quelque chose. C'était mieux que rien. Une espèce de sérénité amoureuse, qui manquait de plaisir, certes, du moins pour l'heure, mais qui m'apportait une tendresse considérable. J'étais ainsi, d'une certaine manière, heureux grâce à elle. Je sais que cette affirmation est énorme mais elle est pourtant véridique.

Une amie intervint sans tambour ni trompette dans le fil de mes pensées amoureuses et me dit :

- Pourquoi chez toi ce désir d'un amour idéalisé ? Et cette femme évoquée partie pour Montpellier ? Nous n'en savons pas assez sur elle à mon goût ! Et pourquoi plus d'attrait pour elle que pour Amandine ? Juste le fait qu'elle soit inaccessible ?

Interloqué par cette intrusion, je serrai les freins de ma locomotive lancée à très grande vitesse sur les rails de mon court roman hivernal. Le train s'arrêta en pleine campagne, dans un joli décor naturel et écologique qui ressemblait plus ou moins au doux paysage de la Lomagne lectouroise. J'étais certain d'une chose : les femmes inaccessibles ne m'intéressaient absolument pas, je n'étais pas un pantin à l'assaut d'une tour d'ivoire recelant une beauté diaphane. Pour le reste, je ne savais pas. Je ne savais pas pourquoi cette belle femme toulousaine disparue à Montpellier n'avait pas tenu sa promesse de revenir vers moi ; quant à Amandine, elle me plaisait beaucoup mais je captais assez bien en général ce que voulait dire la gent féminine et ma jolie Gersoise qui m'inspirait un réel désir n'était pas disponible, semble-t-il, pour un amant généreux et joyeux. Au sujet de l'amour idéalisé, la vie m'avait, hélas, appris que c'était un leurre ; cependant, je voulais bien admettre par honnêteté intellectuelle que j'avais une légère tendance à idéaliser les femmes. Ce n'était pas interdit et après tout, je vivais dans la région des troubadours, il fallait bien qu'il en restât quelque chose.

En fait, je me tirais avec une pirouette de cette épineuse solitude. La femme inaccessible, l'étoile au-delà de mes forces, n'avait véritablement aucun intérêt. En réalité, j'avais organisé ma promenade dans Toulouse et bâti mon histoire à l'aide de trois muses plus ou moins invisibles mais efficientes : la belle Toulousaine évanouie dans un Montpellier mystérieux et lointain, mon amour de jeunesse à Lectoure disparue de tout sauf de ma mémoire et mon Amandine gersoise, joyeuse, pétulante et généreuse, qui m'offrit ce qu'elle put, compte tenu de ses obligations respectables et de ses engagements préalables.

En me levant tôt ce matin-là, comme à l'accoutumée, je pus contempler le ciel pur de Lectoure et le paysage minéral de ma ville gasconne ; puis je tombais par hasard sur une carte postale éditée par un écrivain lectourois, Hario Masarotti ; cette carte publicitaire offrait la recette de la *Lectourette*, anciennement *Mare Nostrum*, une boisson apéritive à la couleur « bleu de Lectoure » ; elle était illustrée d'une photographie en couleur du clocher de la cathédrale, vu de la rue des Amandiers. Toujours à l'amande, décidément. Amandine était le vrai prénom de George Sand, mais aussi le premier bébé-éprouvette français. La littérature comme alchimie, les mots au service du sophisme puisque l'amour est forcément déraisonnable. Et la fleur blanc rosé de l'amandier est la première à s'ouvrir à la fin de l'hiver, alors qu'il gèle encore le matin. Une amande à croquer pour le festin des sens. L'amandier, symbole de virginité ; et la Lectourette superbe pour conclure cette petite histoire d'une amourette lectouroise, qui vécut ce que durent les roses, pendant ce long hiver froid et solitaire.

Mes prochaines muses pour ces épîtres sentimentales seraient lectouroises, toulousaines, agenaises, auscitaines, fleurantines, qui sait... Quelle importance ? Peut-être que je n'avais pas marché en vain dans les rues de Toulouse.

Je marche dans Toulouse

Je marche dans Toulouse

Je marche dans Toulouse

Éditeur :
Books on Demand GmbH,
12/14 rond-point des Champs Élysées,
75008 Paris, France
Impression :
Books on Demand GmbH, Norderstedt,
Allemagne
ISBN : 978-2-8106-1775-3
Dépôt légal : mars 2010
www.bod.fr

Pierre Léoutre
122 rue nationale 32700 Lectoure
(Gers – France)

pierreleoutre.com

Je marche dans Toulouse